Fu, el tigre despistado

MONTAÑA
ENCANTADA

Manuel L. Alonso
Ilustrado por Irene Blasco

Fu, el tigre despistado

EVEREST

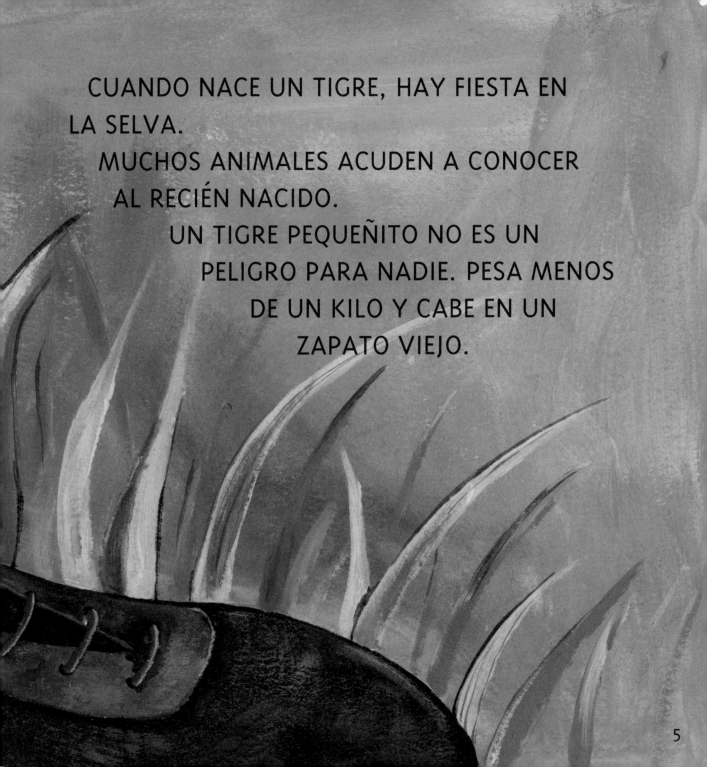

CUANDO NACE UN TIGRE, HAY FIESTA EN
LA SELVA.

MUCHOS ANIMALES ACUDEN A CONOCER
AL RECIÉN NACIDO.

UN TIGRE PEQUEÑITO NO ES UN
PELIGRO PARA NADIE. PESA MENOS
DE UN KILO Y CABE EN UN
ZAPATO VIEJO.

DESPUÉS, CON EL TIEMPO, LLEGA A MEDIR UN METRO DE ALTURA Y PESA TRESCIENTOS KILOS. ENTONCES SÍ ES PELIGROSO, Y LA MAYORÍA DE LOS ANIMALES PROCURAN NO PONERSE A SU ALCANCE.

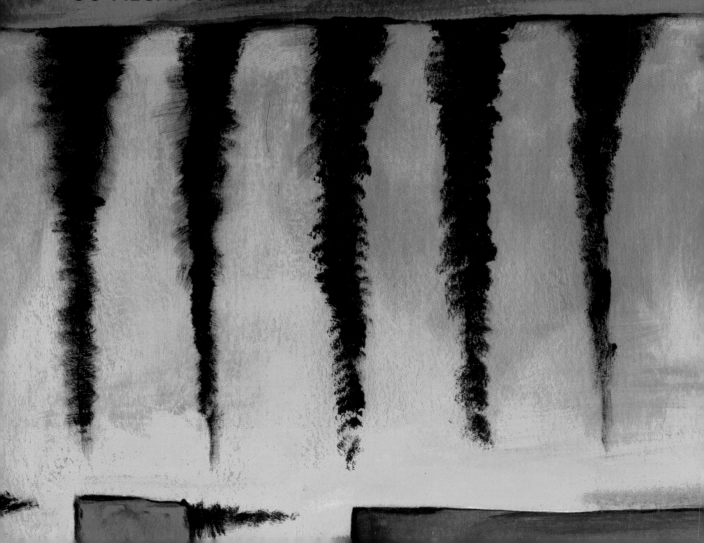

POR ESO LOS TIGRES SON ANIMALES SOLITARIOS.

PERO CUANDO NACIÓ FU, ERA MÁS
PEQUEÑO QUE EL TIGRE MÁS PEQUEÑO
QUE HABÍA VISTO NADIE. A TODOS
LES PARECIÓ UN BEBÉ MUY
GRACIOSO. TENÍA EL PELO
MUY SUAVE Y AÚN NO
LE HABÍAN SALIDO LAS
GARRAS.

TODOS LOS VECINOS
ACUDIERON A
CONOCERLO. MUCHOS
LLEVABAN REGALOS,
Y ESTABAN CONTENTOS
PORQUE ERA LA PRIMERA VEZ
EN MUCHO TIEMPO QUE NACÍA
UN TIGRE.

FUERON EL CIERVO Y LA ARDILLA,
Y LA RANA CON SU SOMBRILLA.
TAMBIÉN LA SEÑORA OSA
CON UNA FALDA PRECIOSA.
FUE EL SEÑOR ELEFANTE
CON UN TRAJE MUY ELEGANTE.
EL SEÑOR LEÓN Y SU MUJER
CON BONITOS ABRIGOS DE PIEL,
Y SU PEQUEÑA OJOS DE MIEL
QUE TAMBIÉN ERA UN BEBÉ.

LOS ÚNICOS QUE FALTABAN ERAN, PRECISAMENTE, LOS PADRES DEL PEQUEÑO. ALGUIEN DIJO QUE UNOS CAZADORES LOS HABÍAN DORMIDO CON SUS ARMAS QUE PRODUCEN SUEÑO Y SE LOS HABÍAN LLEVADO SEGURAMENTE A UN ZOO.

—ENTRE TODOS NOS OCUPAREMOS DEL BEBÉ —PROPUSO EL SEÑOR ELEFANTE, QUE TENÍA UN CORAZÓN TAN GRANDE COMO SUS OREJAS.

—BIEN DICHO. YO LO ALIMENTARÉ —RESPONDIÓ LA SEÑORA LEONA.

—YO LE ENSEÑARÉ A CORRER —DIJO EL CIERVO.

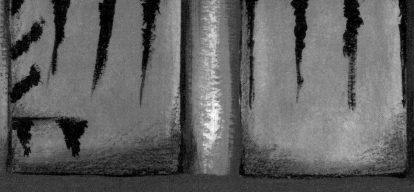

—Y YO A TREPAR A LOS ÁRBOLES —AÑADIÓ
LA ARDILLA.

—YO LO CUIDARÉ POR LAS NOCHES —DIJO
LA SEÑORA OSA.

ESE TRABAJO SOLÍAN HACERLO EN OTROS
LUGARES LOS CANGUROS, PERO EN AQUELLA
SELVA NO HABÍA NI UN SOLO CANGURO.

—Y YO LE ENSEÑARÉ A CAZAR —DIJO
LA SEÑORA RANA.

ESO HIZO REÍR A TODOS, PORQUE LA RANA
SÓLO SABÍA CAZAR MOSQUITOS, Y TODO
EL MUNDO SABE QUE LOS TIGRES
NO CAZAN MOSQUITOS.

—¿Y CÓMO VAMOS A LLAMARLO?
—PREGUNTÓ ALGUIEN.

EN ESE MOMENTO, EL PEQUEÑO, QUE ERA MUY DORMILÓN, SE DESPERTÓ Y, AL VERSE RODEADO DE TANTOS ANIMALES, HIZO:

—¡FU!

—LO LLAMAREMOS FU —PROPUSO LA SEÑORA LEONA.

PASÓ EL TIEMPO Y FU CRECIÓ PROTEGIDO POR SUS VECINOS.

¡FFFUU

A DECIR VERDAD, CRECIÓ PERO POCO.

PRONTO SE VIO QUE FU NUNCA LLEGARÍA A SER UN GRAN TIGRE DE LOS QUE MIDEN UN METRO.

SI HUBIESE CRECIDO MUCHO, LOS DEMÁS LE HABRÍAN DEJADO SOLO COMO HACÍAN SIEMPRE CON LOS TIGRES. PERO ERA TAN PEQUEÑO QUE NO ASUSTABA A NADIE.

ÉL PROCURABA PONER CARAS FEROCES Y RUGIR COMO UN VERDADERO TIGRE, PERO LO MÁS QUE CONSEGUÍA HACER ERA:

—¡FU! ¡FUUU!

DE MODO QUE NADIE LO TOMABA EN SERIO.

OJOS DE MIEL, LA JOVEN LEONA, ERA MUCHO MÁS ALTA QUE ÉL.

EN LA SELVA YA NO QUEDABA NINGÚN OTRO TIGRE CON QUIEN PODER COMPARARSE.

AUN ASÍ, TODOS SABÍAN QUE LLEGARÍA UN DÍA
EN QUE FU SE VOLVERÍA PELIGROSO, Y ENTONCES
ESTARÍA SOLO. SOLO PARA SIEMPRE PORQUE
NADIE SE ATREVERÍA A ACERCARSE A ÉL.

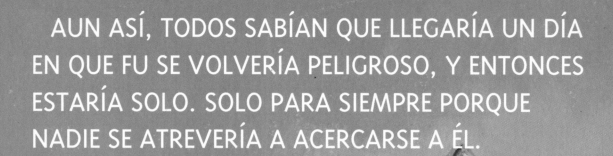

FU VIVÍA PREOCUPADO TEMIENDO QUE
LLEGASE AQUEL MOMENTO.
—NO QUIERO QUEDARME SOLO —LE
CONFESÓ A SU AMIGA OJOS DE
MIEL—. ¿QUÉ PODRÍA HACER?

—PIDE CONSEJO A LA BRUJA
CORUJA —LE INDICÓ OJOS
DE MIEL—. ELLA LO SABE
CASI TODO.

FU COMENZÓ A BUSCAR LA CASA DE LA BRUJA CORUJA. PERO NADIE PARECÍA SABER EXACTAMENTE DÓNDE ESTABA.

—ESTÁ EN EL CAMPO —DECÍA UNO—, ENTRE LAS HIERBAS.

—EN LAS ROCAS —DECÍA OTRO.

—EN UNA CUEVA —DECÍA OTRO MÁS.

—LA BRUJA CORUJA VIVE EN UN ÁRBOL —DIJO LA CIGÜEÑA, QUE HABÍA VIAJADO MUCHO.

—¿EN CUÁL?

—ESO NO LO SÉ.

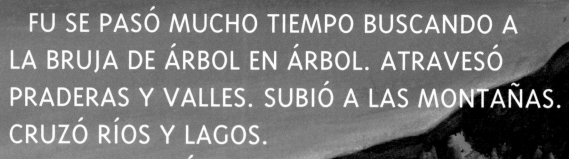

FU SE PASÓ MUCHO TIEMPO BUSCANDO A
LA BRUJA DE ÁRBOL EN ÁRBOL. ATRAVESÓ
PRADERAS Y VALLES. SUBIÓ A LAS MONTAÑAS.
CRUZÓ RÍOS Y LAGOS.

POR FIN LLEGÓ A UN GRAN BOSQUE. ESTABA
MUY CANSADO Y PRONTO CAERÍA LA NOCHE,
ASÍ QUE SE QUEDÓ AL PIE DEL ÁRBOL
MÁS GRANDE.

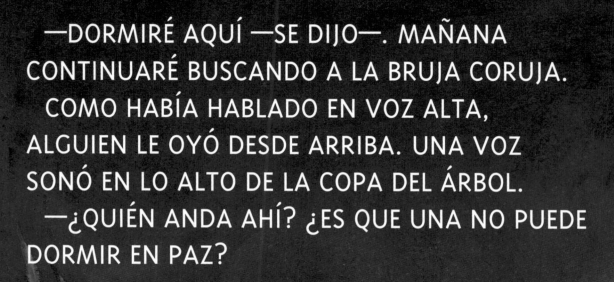

—DORMIRÉ AQUÍ —SE DIJO—. MAÑANA
CONTINUARÉ BUSCANDO A LA BRUJA CORUJA.
COMO HABÍA HABLADO EN VOZ ALTA,
ALGUIEN LE OYÓ DESDE ARRIBA. UNA VOZ
SONÓ EN LO ALTO DE LA COPA DEL ÁRBOL.

—¿QUIÉN ANDA AHÍ? ¿ES QUE UNA NO PUEDE
DORMIR EN PAZ?

—PERDONE, ESTOY BUSCANDO LA CASA DE LA BRUJA CORUJA —DIJO FU.

—YO SOY LA BRUJA CORUJA Y ÉSTA ES MI CASA —RESPONDIÓ LA VOZ.

FU MIRÓ LLENO DE ESPERANZA HACIA LO ALTO. EL ANIMAL QUE LE HABLABA ERA MUY RARO. ERA UN AVE NO MUY GRANDE, CON LA CARA EN FORMA DE CORAZÓN Y OJOS REDONDOS. UNA LECHUZA.

FU LE EXPLICÓ SU PROBLEMA. LE DIJO QUE
NO QUERÍA LLEGAR A SER UN TIGRE PELIGROSO
PORQUE TODOS LE DEJARÍAN SOLO.

Y ENTONCES LA SABIA LECHUZA, LA VIEJA
BRUJA CORUJA, EMPEZÓ A REÍRSE CON TODAS
SUS GANAS.

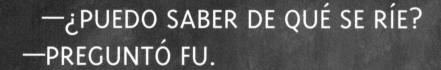

—¿PUEDO SABER DE QUÉ SE RÍE?
—PREGUNTÓ FU.

—SÍ, DE QUE ERES TONTO. ¿DE VERAS TE FIGURAS QUE ALGUNA VEZ SERÁS UN TIGRE ADULTO? ¿Y NO TE PARECE RARO QUE HASTA AHORA NO HAYAS ASUSTADO NUNCA A NADIE? ANDA, VUELVE CON TUS AMIGOS Y VIVE TRANQUILO. NUNCA SERÁS UN TIGRE PELIGROSO.

—¿POR QUÉ?

—PORQUE NO ERES TIGRE SINO GATO.

—¿GATO?

—GATO. TE ADVIERTO QUE SER GATO NO ESTÁ NADA MAL. NUNCA INTENTARÁN CAZARTE PARA LLEVARTE A UN ZOO. SERÁS LIBRE Y NADIE SALDRÁ HUYENDO CUANDO TE VEA. SOLAMENTE LOS RATONES.

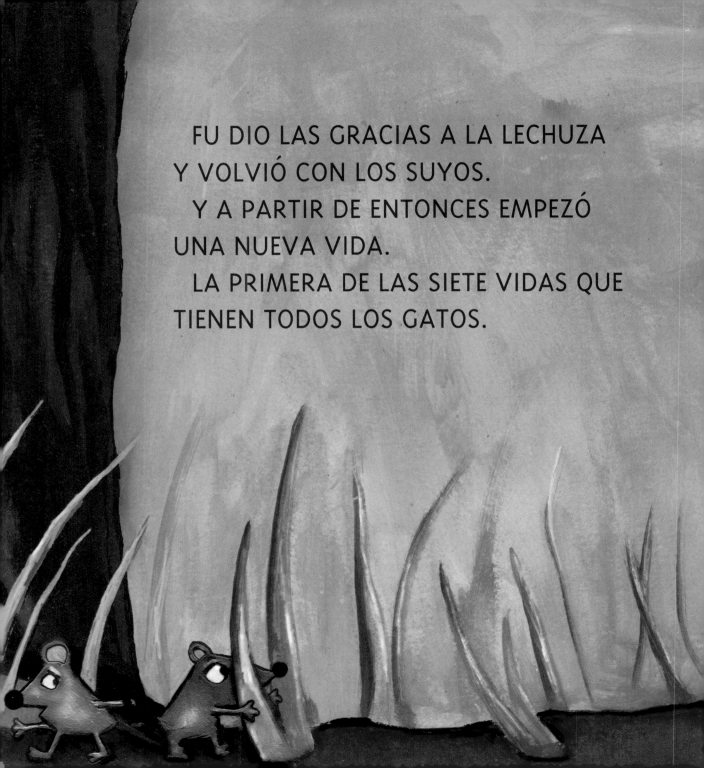

FU DIO LAS GRACIAS A LA LECHUZA
Y VOLVIÓ CON LOS SUYOS.

Y A PARTIR DE ENTONCES EMPEZÓ
UNA NUEVA VIDA.

LA PRIMERA DE LAS SIETE VIDAS QUE
TIENEN TODOS LOS GATOS.